세상을 받아들이는 방식

세상을 받아들이는 방식

메리 올리버

민승남 옮김

마음산책

세상을 받아들이는 방식

1판 1쇄 발행 2024년 1월 5일
1판 2쇄 발행 2024년 3월 5일

지은이 | 메리 올리버
옮긴이 | 민승남
펴낸이 | 정은숙
펴낸곳 | 마음산책

편집 | 성혜현·박선우·김수경·나한비·이동근
디자인 | 최정윤·오세라·한우리
마케팅 | 권혁준·김은비·최예린
경영지원 | 박지혜

등록 | 2000년 7월 28일(제2000-000237호)
주소 | (우 04043) 서울시 마포구 잔다리로3안길 20
전화 | 대표 362-1452 편집 362-1451   팩스 | 362-1455
홈페이지 | www.maumsan.com
블로그 | blog.naver.com/maumsanchaek
트위터 | twitter.com/maumsanchaek
페이스북 | facebook.com/maumsan
인스타그램 | instagram.com/maumsanchaek
전자우편 | maum@maumsan.com

ISBN 978-89-6090-858-1 03840

* 책값은 뒤표지에 있습니다.

세상은
내 마음을 형용사들로 가득 채우지
심지어 나는 눈에 보이는 것 너머까지 상상하지

앤 테일러를 위하여

일러두기

1 이 책은 Mary Oliver의 『Evidence: Poems』(Beacon Press, 2009)를 우리말로 옮긴
   것이다.
2 표지와 본문 사진은 원서에 수록되지 않은 것으로, 사진가 이한구의 작품이다.
3 외국 인명·지명·독음 등은 외래어표기법을 따르되 관용적인 표기와 동떨어진
   경우 절충하여 실용적 표기를 따랐다.
4 원서에서 이탤릭체로 강조한 부분은 고딕체로 바꾸었다.
5 편명은 「 」, 책명은 『 』, 신문·잡지명은 〈 〉로 표기했다.
6 각주는 모두 옮긴이 주다.

차례

우리는 자신의 선택에 따라 스스로를 창조한다.

—키르케고르

Yellow

There is the heaven we enter

through institutional grace

and there are the yellow finches bathing and singing

in the lowly puddle.

노랑

종교의 은총이 인도하는
천국도 있고,
낮은 곳 물웅덩이에서 멱 감으며 노래하는
노랑 되새들도 있지.

Swans

They appeared

   over the dunes,

      they skimmed the trees

      and hurried on

to the sea

   or some lonely pond

      or wherever it is

      that swans go,

urgent, immaculate,

   the heat of their eyes

      staring down

      and then away,

the thick spans

   of their wings

백조

백조들
　모래언덕 넘어 나타나
　　나무들 스쳐 지나
　　　서둘러 날아갔지,

바다로,
　어느 쓸쓸한 연못으로,
　　어디든
　　　백조들 가는 곳으로

다급히, 순백으로,
　열띤 눈
　　아래를 응시하다
　　　시선 돌리고,

눈처럼 새하얀
　그 탐스러운 날개

as bright as snow,

    their shoulder–power

echoing

    inside my own body.

      How could I help but adore them?

      How could I help but wish

that one of them might drop

    a white feather

      that I should have

        something in my hand

to tell me

    that they were real?

      Of course

        this was foolish.

What we love, shapely and pure,

    is not to be held,

      but to be believed in.

        And then they vanished, into the unreachable distance.

펼치면,
　　힘찬 어깻짓

내 몸 안에서
　메아리치지.
　　나 어찌 그 백조들 찬양하지 않을 수 있었겠어?
　　　나 어찌

백조 한 마리가
　흰 깃털 하나 떨구기를,
　　그리하여 무어라도 손에 쥐고서
　　　그 백조들이

진짜라고
　자신에게 말하고 싶지 않을 수 있었겠어?
　　물론
　　　그건 어리석은 짓이었지.

우리가 사랑하는, 보기 좋고 순수한 것은
　손에 쥘 게 아니라
　　믿어야 할 대상이니까.
　　　그리고 백조들은 사라졌지, 닿을 수 없는 먼 곳으로.

Heart Poem

My heart, that used to pump along so pleasantly,

has come now to a different sort of music.

There is someone inside those red walls, irritated

and even, occasionally, irrational.

Years ago I was part of an orchestra; our conductor

was a wild man. He was forever rapping the musicstand

for silence. Then he would call out some

correction and we would begin again.

Now again it is the wild man.

I remember the music shattering, and our desperate

attentiveness.

Once he flung the baton over our heads and into

심장의 시

그동안 그리도 즐거이 펌프질해온 나의 심장, 이제
다른 음악이 되어버렸어.

그 붉은 벽 안에 화난 사람이 들어 있고, 그 사람은
간간이 이성을 잃기도 해.

난 몇 년 전에 오케스트라에 들어갔는데, 지휘자가
거친 사람이었어. 툭하면 보면대를 두드려 연주를
중단시켰지. 지휘자가 고칠 부분을 큰 소리로 외치면
우린 다시 연주를 시작했지.

그런 거친 사람이 또 나타난 거야.

그때 음악이 산산이 부서지고, 우리가 필사적으로
주의를 집중하던 기억이 나.

한번은 지휘자가 우리 머리 위로 지휘봉을 던졌지.

the midst of the players. It flew over the violins
and landed next to a bass fiddle. It flopped to the
floor. What silence! Then someone picked it up
and it was passed forward back to him. He rapped
the stand and raised his arms. Then we all breathed
again, and the music restarted.

지휘봉은 바이올린들을 넘어 더블베이스 옆으로
날아갔어. 거기서 바닥에 떨어졌지. 그 정적!
누군가 지휘봉을 집어 들었고, 지휘봉은 앞으로
전달되어 지휘자에게로 돌아갔지. 지휘자는 보면대를
두드리고 두 팔을 들었어. 그제야 우리 모두 다시
숨을 쉬었고, 음악이 새로 시작되었지.

Prince Buzzard

Prince Buzzard,

 I took you, so high in the air,

  for a narrow boat and two black sails.

  You were drifting

in the depths of the air

 wherever you wanted to go,

  and when you came down

  with your spoony mouth

and your red head

 and your creaking wings

  to the lamb

  dead, dead, dead

in the fields of spring

 I knew it was hunger

독수리 왕자

독수리 왕자
　공중에 높이 뜬 너,
　　검은 돛 두 개 단 좁다란 배로 보였지.
　　　깊은 하늘에서

어디로든 마음대로
　자유로이 떠다니던 너,
　　그 수저 닮은 입
　　　붉은 머리

삐걱대는 날개로
　내려올 때면,
　　봄 들판에
　　　죽어 있는, 죽어 있는, 죽어 있는

어린양에게로 내려올 때면
　나는 알았지,

that brought you—

    yet you went about it

so slowly,

    settling with hunched wings

    and silent

      as the grass itself

over the lamb's white body—

    it seemed

    a ceremony,

      a pause

as though something

    in the quick of your own body

    had come out

      to give thanks

for the dark work

    that was yours,

    which wasn't to be done easily or quickly,

      but thoroughly—

허기가 널 데려온 걸—
　　그래도 너 아주 천천히

날개 웅크리고,
　풀잎 그 자체처럼
　　조용히
　　　양의 흰 몸 위에 자리 잡고

그 일 시작했지—
　마치
　　의식을 거행하듯,
　　　잠시 쉬어가듯,

마치
　너의 살아 있는 몸에서
　　무언가 나와
　　　네가 하는

검은 일에
　감사를 표하듯,
　　그건 쉽고 빠르게 해치워선 안 될 일,
　　　철저하게 할 일—

and indeed by time summer

    opened its green harbors

        the field was nothing but flowers, flowers, flowers,

            from shore to shore

마침내 시간 흘러
　여름이 바닷가마다
　　초록 항구 열 때면,
　　　들판엔 오로지 꽃, 꽃, 꽃들.

Li Po and the Moon

There is the story of the old Chinese poet:

at night in his boat he went drinking and dreaming

    and singing

then drowned as he reached for the moon's reflection.

Well, probably each of us, at some time, has been

    as desperate.

Not the moon, though.

이태백과 달

중국의 옛 시인 이태백은
밤에 배를 타고 나가 술 마시고 꿈꾸고
　노래하다가

물에 비친 달을 잡으려다가 그만 물에 빠져 죽었다지.
글쎄, 우리도 대개는, 어느 순간, 그렇게
　필사적이 되지.

달은 안 그렇지만.

Thinking of Swirler

One day I went out
   into a wonderful
      ongoing afternoon,
         it was fall,

the pine trees were brushing themselves
   against the sky
      as though they were painting it,
         and Swirler,

who was alive then,
   was walking slowly
      through the green bog,
         his neck

as thick as an ox,
   his antlers

맴돌이를 생각하며

나 어느 날 밖으로 나가
　경이로운
　　오후 속으로 들어갔지,
　　　가을이었어,

소나무들이
　하늘에 스치는 모습이
　　색칠을 하는 듯했지,
　　　맴돌이,

그땐 살아 있는 몸으로
　초록 늪지를
　　천천히 걷고 있었지,
　　　목은

황소같이 두껍고
　가지 진 뿔이

brushing against the trees,

his three good feet tapping

the softness beneath him

and the fourth, from an old wound,

swirling.

I know he saw me

for he gave me a long look

which was as precious as a few

good words,

since his eyes

were without terror.

What do the creatures know?

What in this world can we be certain about?

How did he know I was nothing

but a harmless mumbler of words,

some of which would be about him

and this wind–whipped day?

In a week he would be dead,

나뭇가지에 스치고
　성한 세 발이

무른 땅 타박타박 딛는데
　오래전에 다친 한 발은
　허공을 맴돌았어.
　　그러다가 나를 발견하고는

한참이나 응시했는데
　그 눈길이 몇 마디 좋은 말처럼
　소중했어,
　　그 눈에는

공포가 없었거든.
　세상의 생명체들이 무얼 알겠어?
　　이 세상에서 우리가 무얼 확신할 수 있겠어?
　　　내가 그저 말이나 웅얼거리는 무해한 웅얼이라는 걸,

그 사슴에 대해
　그리고 이 바람 센 날에 대해서도 웅얼거린다는 걸
　　그 사슴이 어찌 알았겠어?
　　　맴돌이는 일주일 안에 죽을 운명,

arrowed down by a young man I like,

    though with some difficulty.

        In my house there are a hundred half–done poems.

        Each of us leaves an unfinished life.

내가 좋아하는 청년의 화살에 맞아,

　어려움이야 좀 따랐겠지만.

　　나의 집에는 반쯤 쓰다 만 시가 100편쯤 되지.

　　　우리 모두 미완성의 삶을 남기니까.

Snowy Egret

A late summer night and the snowy egret

has come again to the shallows in front of my house

as he has for forty years.

Don't think he is a casual part of my life,

that white stroke in the dark.

쇠백로

늦은 여름밤 쇠백로가
집 앞 얕은 물에 다시 찾아왔어,

40년 동안 언제나 그래왔지.
그 쇠백로가 내 삶에서 가벼운 의미를 지닌다고 생각하진 마,

어둠 속의 그 흰 붓 자국.

Violets

Down by the rumbling creek and the tall trees—
    where I went truant from school three days a week
    and therefore broke the record—
there were violets as easy in their lives
    as anything you have ever seen
    or leaned down to intake the sweet breath of.
Later, when the necessary houses were built
    they were gone, and who would give significance
    to their absence.
Oh, violets, you did signify, and what shall take
    your place?

제비꽃

우렁차게 흐르는 샛강가 큰 나무들 아래—
　내가 일주일에 사흘이나 학교를 빼먹는 기록을 세우며
　　찾아간 곳—
거기 제비꽃 편안하게 피어 있었지,
　당신이 지금까지 보았거나
　　고개 숙여 그 달콤한 숨결 마셨던 다른 꽃들처럼.
나중에, 사람들에게 필요한 집들이 들어서면서
　제비꽃들 사라졌고, 그 누가 그들의 부재에
　　의미를 부여하겠어.
오, 제비꽃들아, 너희는 분명코 의미가 있었단다, 그 무엇이
　너희를 대신할까?

Then Bluebird Sang

Bluebird

    slipped a little tremble

      out of the triangle

        of his mouth

and it hung in the air

    until it reached my ear

      like a froth or a frill

        that Schumann

might have written in a dream.

    Dear morning

      you come

        with so many angels of mercy

so wondrously disguised

    in feathers, in leaves,

그다음에 파랑새가 노래했지

파랑새
　세모난
　　입에서
　　　작은 떨림 흘러나와

허공에 걸렸다가
　슈만이
　　꿈에서 지은 듯한
　　　거품처럼 주름 장식처럼

내 귀에 닿았지.
　소중한 아침이여
　　너는
　　　무수한 자비의 천사 데려오지

깃털로, 잎사귀로,
　돌 혓바닥으로,

in the tongues of stones,

in the restless waters,

in the creep and the click

and the rustle

that greet me wherever I go

with their joyful cry: I'm still here, alive!

늘 움직이는 물로

　　기어다니고 달각거리고

바스락대는

　몹시도 경이로운 모습으로 변장한 천사들,

　　내가 가는 곳마다 반겨주며

　　　환희에 차서 외치지. 나 아직 여기, 살아 있어!

We Shake with Joy

We shake with joy, we shake with grief.

What a time they have, these two

housed as they are in the same body.

우리 기쁨에 떠네

우리 기쁨에 떠네, 우리 슬픔에 떠네.
기쁨과 슬픔, 한 몸에 살고 있으니
얼마나 멋진 공존인지.

Spring

Faith

is the instructor.

We need no other.

Guess what I am,

he says in his

incomparably lovely

young–man voice.

Because I love the world

I think of grass,

I think of leaves

and the bold sun,

I think of the rushes

in the black marshes

봄

믿음은
지도자.
우리에겐 믿음만 있으면 되지.

내가 뭔지 맞혀봐,
믿음이
비할 데 없이 사랑스러운

청년의 목소리로 말하지.
나는 세상을 사랑하기에
풀을 생각하지,

잎사귀들을,
대담한 태양을 생각하지,
순백에 뒤덮였다가

이제 마침내 녹아가는

just coming back

from under the pure white

and now finally melting

stubs of snow.

Whatever we know or don't know

leads us to say:

Teacher, what do you mean?

But faith is still there, and silent.

Then he who owns

the incomparable voice

suddenly flows upward

and out of the room

and I follow,

obedient and happy.

Of course I am thinking

the Lord was once young

and will never in fact be old.

눈의 그루터기들로
돌아오고 있는

검은 습지의
골풀을 생각하지.
우리가 아는 것들이나 알지 못하는 것들이나

이런 물음 던지게 하지,
선생님, 그게 무슨 뜻인가요?
하지만 믿음은 여전히 거기 남아, 침묵하지.

그러다가
비할 데 없는 목소리 가진 이
갑자기 위로 흘러

방을 나가고
나 순종적으로 행복하게
따라가지.

물론 난
주님이 예전에 젊었었고
영원히 늙지 않으리라 생각하지.

And who else could this be, who goes off

down the green path,

carrying his sandals, and singing?

샌들 벗어 들고 노래 부르며
초록 길 걸어가는 이,
그분이 아니고 누구겠어?

The Poet Always Carries a Notebook

What is he scribbling on the page?

Is there snow in it, or fire?

Is it the beginning of a poem?

Is it a love note?

늘 공책을 들고 다니는 시인

공책에 무얼 휘갈겨 쓰고 있는 걸까?
거기 눈물이 들어 있을까, 아니면 불이 있을까?

그것이 시의 시작일까?
그것이 사랑의 편지일까?

More Honey Locust

Any day now

the branches

of the honey locust

will be filled

with white fountains;

in my hands

I will see

the holy seeds

and a sweetness

will rise up

from those petal–bundles

so heavy

I must close my eyes

to take it in,

to bear

such generosity.

I hope that you too

또 아까시나무

이제 곧
아까시나무
가지마다
흰 분수
만발하겠지.
내 손에 든
그 신성한 씨앗들
보게 되겠지.
그 꽃잎 뭉치에서
달콤한 향기
몹시도 진하게
피어올라
그 농후함
견디려면
눈 감고
들이마셔야겠지.
당신도 알았으면 좋겠어,

know the honey locust,

the fragrance

of those fountains;

and I hope that you too will pause

to admire the slender trunk,

the leaves, the holy seeds,

the ground they grow from

year after year

with striving and patience;

and I hope that you too

will say a word of thanks

for such creation

out of the wholesome earth,

which would be, and dearly is it needed,

a prayer for all of us.

아까시나무를,
그 분수들의
향기를,
당신도 잠시 멈추어 서서
찬미했으면 좋겠어,
그 날씬한 줄기를,
그 잎사귀들, 신성한 씨앗들을,
해마다 그 나무들
애쓰며 끈기 있게
자라는 땅을.
당신도 감사의 말을
건넸으면 좋겠어,
건강한 땅에서의
그런 창조에,
꼭 필요한 그 일은
우리 모두를 위한 기도가 되지.

Halleluiah

Everyone should be born into this world happy
  and loving everything.
But in truth it rarely works that way.
For myself, I have spent my life clamoring toward it.
Halleluiah, anyway I'm not where I started!

And have you too been trudging like that, sometimes
  almost forgetting how wondrous the world is
    and how miraculously kind some people can be?
And have you too decided that probably nothing important
  is ever easy?
Not, say, for the first sixty years.

Halleluiah, I'm sixty now, and even a little more,
and some days I feel I have wings.

할렐루야

누구나 행복을 누리며 모든 것을 사랑하도록
　이 세상에 태어나지.
그런데 사실 그런 삶은 드물어.
나로 말하자면, 평생 그걸 부르짖으며 살아왔지.
할렐루야, 아무튼 난 출발점에 서 있진 않아!

당신도 그렇게 무거운 걸음으로 터벅터벅 걸어오며
　가끔은 세상이 얼마나 경이로운지
　　사람들이 얼마나 기적적으로 친절할 수 있는지
　　　거의 잊기도 했을까?
당신도 중요한 일은 결코 쉽게 이룰 수 없다는 결론에
　도달했을까?
그러니까, 처음 60년 동안은 말이야.

할렐루야, 이제 난 예순을 넘어 조금 더 나이를 먹었고,
날개를 단 기분을 느끼는 날들도 있지.

It Was Early

It was early,

    which has always been my hour

        to begin looking

            at the world

and of course,

    even in the darkness,

        to begin

            listening into it,

especially

    under the pines

        where the owl lives

            and sometimes calls out

as I walk by,

    as he did

이른 아침

이른 아침,
　내가 날마다
　　세상을
　　　보기 시작하는 시간,

그리고 물론
　어둠 속에서도
　　세상에
　　　귀 기울이기 시작하지,

특히
　올빼미가 사는
　　소나무 아래서,
　　　오늘 아침처럼

가끔 올빼미가
　지나가는 나를

on this morning.

So many gifts!

What do they mean?

In the marshes

where the pink light

was just arriving

the mink

with his bristle tail

was stalking

the soft–eared mice,

and in the pines

the cones were heavy,

each one

ordained to open.

Sometimes I need

only to stand

wherever I am

to be blessed.

소리쳐 부르거든.
　　많고 많은 선물!

그들은 어떤 의미 지닐까?
　분홍 햇살이
　　이제 막 도착하기 시작한
　　　습지에서는

꼬리털 곤두선
　밍크
　　보드라운 귀 가진 생쥐들에게
　　　몰래 다가가고,

소나무에 달린
　묵직한 솔방울들
　　저마다
　　　벌어지도록 예정되어 있지.

가끔 나는
　어디서든
　　그저 서 있기만 해도
　　　축복받지.

Little mink, let me watch you.

   Little mice, run and run.

      Dear pine cone, let me hold you

         as you open.

작은 밍크야, 너를 지켜보게 해주렴.
작은 생쥐들아, 달아나 달아나.
솔방울아, 네가 벌어질 때
　　내 손에 너를 쥐게 해주렴.

Water

What is the vitality and necessity

    of clean water?

Ask the man who is ill, who is lifting

    his lips to the cup.

Ask the forest.

물

깨끗한 물의 활력과 필요성이
　어떤 건지 알고 싶어?
병든 사람, 물잔에 입을 갖다 대는 사람에게
　물어봐.

숲에게 물어봐.

If You Say It Right,
It Helps the Heart to Bear It

The comforts

    of language

        are true

           and deep;

in a cemetery,

    in the South,

        so many stones

           and so many

so small.

    Sometimes

        three or four

           in a row.

In this instance:

    Eliza May,

당신이 그것에 대해 참되게 말하면,
마음이 그걸 견디는 데 도움이 되지

언어의
　위안은
　　참되고
　　　깊지.

남부의
　어느 공동묘지
　　너무도 많은 비석
　　　너무도 어린 죽음

너무도 많아.
　가끔은
　　서넛이
　　　연달아 있지.

이를테면
　엘리자 메이

Oceola,

Joseph.

Can you imagine

the condition

of the heart

of a mother

or a father

watching these plantings?

I cannot.

But I try.

"God taketh

his young lambs home"

is carved there.

A few words

like water

on a stone.

Cool and beautiful

like water on a stone.

오세올라
조지프.

자식이 땅에 묻히는 걸 지켜보는
어머니나
아버지의
마음이

어땠을지
상상이 돼?
난 잘 안 되지만
그래도 애는 써보지.

"신께서 자신의 어린양들을
집으로 데려가시다"
비석에 새겨진 글.
어떤 글귀는

돌 위의
물 같아.
돌 위의 물처럼
시원하고 아름다워.

Empty Branch in the Orchard

To have loved

is everything.

I loved, once,

a hummingbird

who came every afternoon—

the freedom–loving male—

who flew by himself

to sample

the sweets of the garden,

to sit

on a high, leafless branch

with his red throat gleaming.

And then, he came no more.

과수원의 빈 나뭇가지

사랑했다는 것
그거면 돼.
나, 한때,

벌새를 사랑했어.
매일 오후 찾아온
자유를 사랑하는 수컷

홀로 날아와
정원의 달콤함들
시식하고

잎사귀 없는 높은 가지에
붉은 목 반짝이며
앉아 있었지.

그러다가, 더는 오지 않았어.

And I'm still waiting for him,

ten years later,

to come back,

and he will, or he will not.

There is a certain commitment

that each of us is given,

that has to do

with another world,

if there is one.

I remember you, hummingbird.

I think of you every day

even as I am still here,

soaked in color, waiting

year after honey–rich year.

나 10년이 지나서도
그 벌새 돌아오기를

여전히 기다리고 있고
벌새는 오거나 오지 않겠지.
만일 다음 생이 존재한다면

우리에겐 저마다
다음 생을 위해
헌신할 일이

주어지지.
벌새야, 나는 너를 기억해.
날마다 너를 생각해,

나 아직 여기에서
꿀 듬뿍 든 해마다
색에 물들어 너를 기다리며.

A Lesson from James Wright

If James Wright

could put in his book of poems

a blank page

dedicated to "the Horse David

Who Ate One of My Poems," I am ready

to follow him along

the sweet path he cut

through the dryness

and suggest that you sit now

very quietly

in some lovely wild place, and listen

to the silence.

And I say that this, too,

제임스 라이트에게 받은 교훈

제임스 라이트*가
그의 시집
한 페이지를 비우고

"내 시 한 편을 먹어치운 말 데이비드에게"
그 빈 페이지 바쳤으니, 난
그가 메마름 헤치고 낸

달콤한 길 따라가며
당신도 이제
어느 아름다운 야생의 땅에

조용히 아주 조용히 앉아
정적에 귀 기울여보라고
말할 수 있지.

난 그것도

is a poem.

한 편의 시라고 생각해.

◆   미국 오하이오 출신의 풀리처상 수상 시인.

Deep Summer

The mockingbird

opens his throat

among the thorns

for his own reasons

but doesn't mind

if we pause

to listen

and learn something

for ourselves;

he doesn't stop,

he nods

his gray head

with the frightfully bright eyes,

he flirts

깊은 여름

흉내지빠귀,
나름의 이유로
가시들 사이에서
목구멍 열지만

우리가 걸음 멈추고
그 노래 들으며
스스로
무언가를 배운다 해도

개의치 않지.
흉내지빠귀는 멈추지 않고
놀랍도록 반짝이는 눈 달린
회색 머리

끄덕이며
유연한 꼬리

his supple tail,

he says:

listen, if you would listen.

There's no end

to good talk,

to passion songs,

to the melodies

that say

this branch,

this tree is mine,

to the wholesome

happiness

of being alive

on a patch

of this green earth

in the deep

pleasures of summer.

What a bird!

파닥이며
이렇게 말하지,

들으려면 들어.
좋은 말
열정의 노래는
끝이 없지,

이 나무는
이 가지는 내 거라고
말하는
멜로디도 끝이 없지,

여름의
깊은 즐거움 넘실대는
이 초록 땅
한 조각 위에

살아 있는
건강한
행복에도 끝이 없지.
이런 새가 있다니!

Your clocks, he says plainly,

which are always ticking,

do not have to be listened to.

The spirit of his every word.

흉내지빠귀는 꾸밈없이 말하지,
늘 똑딱거리는 시계 소리에는
귀 기울일 필요 없다고.
그 새의 모든 말에 깃든 정신.

Almost a Conversation

I have not really, not yet, talked with otter
   about his life.

He has so many teeth, he has trouble
   with vowels.

Wherefore our understanding
   is all body expression—

he swims like the sleekest fish,
he dives and exhales and lifts a trail of bubbles.
Little by little he trusts my eyes
and my curious body sitting on the shore.

Sometimes he comes close.
I admire his whiskers
and his dark fur which I would rather die than wear.

거의 대화에 가까운

아직은 수달과 진짜로 그의 삶에 대한 이야기를
　나눈 적은 없어.

수달은 이빨이 너무 많아서, 모음 발음에
　어려움을 겪지.

그래서 우리는 몸으로 표현하는
　대화를 해―

수달은 날렵한 물고기처럼 헤엄치고
물속으로 뛰어들어 날숨으로 공기 방울 올려 보내지.
조금씩 내 눈을, 기슭에 앉은 내 호기심 어린 몸을
신뢰하게 되지.

가끔 내게 가까이 오기도 해.
나는 수달의 수염과
나 자신은 죽어도 입고 싶지 않은 검은 털가죽을 찬양하지.

He has no words, still what he tells about his life

    is clear.

He does not own a computer.

He imagines the river will last forever.

He does not envy the dry house I live in.

He does not wonder who or what it is that I worship.

He wonders, morning after morning, that the river

is so cold and fresh and alive, and still

I don't jump in.

수달은 말이 없지만, 그가 자신의 삶에 대해 하는 이야기는
　　분명하지.
수달은 컴퓨터를 갖고 있지 않아.
수달은 강이 영원할 거라고 생각하지.
수달은 내가 사는 마른 집을 부러워하지 않아.
수달은 내가 누구를, 무엇을 숭배하는지 궁금해하지 않아.
수달이 아침마다 궁금해하는 건, 강이
그토록 차갑고 신선하고 생기 넘치는데, 내가
강에 뛰어들지 않는 까닭이지.

There Are a Lot of Mockingbirds
in This Book

Yes, there are many

  of those wondrous creatures

    who live in the thorns

      and are musical all day

and the Lord knows

  when they sleep, for they sing

    in the dark as well,

      as they stare at the moon,

as they flutter a little

  into the air

    then back to the branch,

      back to the thorns—

but this isn't nature

  in which such birds

이 책에는 흉내지빠귀가 많이 있지

그래, 많이 있지,
　가시들 사이에 살면서
　　온종일 노래하는
　　　그 경이로운 생명체들,

그들이 언제 자는지는
　아무도 모르지, 왜냐하면 그들은
　　어둠 속에서도 노래하니까,
　　　달을 바라보며,

허공으로
　조금 날아갔다가
　　다시 나뭇가지로 돌아와서,
　　　가시들 사이로 돌아와서―

하지만 여긴
　그 새들 짝지어

want, each pair,

    their own few acres—

this isn't nature

    where the sweetest things,

      being hidden in leaves

        and thorn–thick bushes

reveal themselves rarely—

    this is a book

      of the heart's rapture,

        of hearing and praising

and never forgetting

    so that the world

      is what the world is

        in a long lifetime:

singer after singer

    bursts from the thorn bush,

      now, and again, and again,

        their songs in the mind forever.

보금자리 꾸미고 싶어 하는
자연이 아니지—

그 몹시도 사랑스러운 것들
잎사귀에, 가시투성이 덤불에 숨어
좀처럼
모습을 드러내지 않는

자연이 아니지—
여긴 책
마음의 황홀이 담긴
듣기와 찬양이 담긴

그리고 기나긴 한평생
세상이
있는 그대로의 모습일 수 있도록
결코 잊지 않는 책.

노래꾼 연달아
지금, 그리고 또, 그리고 또
가시덤불에서 튀어나오고
그들의 노래 마음에 영원히 남지.

Prayer

May I never not be frisky,

May I never not be risqué.

May my ashes, when you have them, friend,

and give them to the ocean,

leap in the froth of the waves,

still loving movement,

still ready, beyond all else,

to dance for the world.

기도

나 영원히 팔팔함 잃지 않기를,
나 영원히 무모함 잃지 않기를.

친구여, 이 몸 재가 되면
바다에 뿌려

여전히 움직임 즐기면서
여전히, 그 무엇보다도,

세상을 위해 춤출 준비가 되어
물거품 속에서 뛰놀게 해주기를.

At the Pond

One summer

    I went every morning

        to the edge of a pond where

            a huddle of just–hatched geese

would paddle to me

    and clamber

        up the marshy slope

            and over my body,

peeping and staring—

    such sweetness every day

        which the grown ones watched,

            for whatever reason,

serenely.

    Not there, however, but here

연못에서

어느 여름
　　나 아침마다
　　　연못가로 갔지.
　　　　알에서 갓 나온 기러기들 옹기종기 모여 있다가

내게 첨벙거리며 헤엄쳐 와서
　　습지 비탈
　　　기어올라
　　　　내 몸 넘어가면서

꽥꽥거리며 바라보았지.
　　날마다 그 사랑스러운 모습
　　　어른 기러기들
　　　　무슨 이유에선지 몰라도

평온하게 지켜보았지.
　　하지만, 이야기는

is where the story begins.

　　Nature has many mysteries,

some of them severe.

　　Five of the young geese grew

　　　　heavy of chest and

　　　　　　bold of wing

while the sixth waited and waited

　　in its gauze–feathers, its body

　　　　that would not grow.

　　　　　　And then it was fall.

And this is what I think

　　everything is about:

　　　　the way

　　　　　　I was glad

for those five and two

　　that flew away,

　　　　and the way I hold in my heart the wingless one

　　　　　　that had to stay.

이제부터 시작되지.
　자연은 많은 수수께끼를 품고 있고

그중엔 가혹한 것들도 있지.
　아기 기러기 다섯 마리는 자라면서
　　우람한 가슴
　　대담한 날개 갖게 되었지만

나머지 한 마리, 거즈 같은 깃털 속에서
　기다리고 또 기다려도
　　몸이 자라질 않았지.
　　이윽고 가을이 되었지.

그리고 내가
　세상을 받아들이는 방식―
　　훨훨 날아간
　　그 다섯 마리 새끼와

두 부모에 대해선
　기뻐하고
　　남아야만 했던 날개 없는 한 마리는
　　가슴에 품어주었지.

To Begin With, the Sweet Grass

1

Will the hungry ox stand in the field and not eat

    of the sweet grass?

Will the owl bite off its own wings?

Will the lark forget to lift its body in the air or

    forget to sing?

Will the rivers run upstream?

Behold, I say—behold

the reliability and the finery and the teachings

    of this gritty earth gift.

2

Eat bread and understand comfort.

우선, 달콤한 풀

1

들판에 선 배고픈 황소가 달콤한 풀
  안 먹을까?
올빼미가 제 날개 물어뜯을까?
종달새가 공중에 뜨는 법을, 노래하는 법을
  잊을까?
강이 위로 흐를까?

보라, 내가 하는 말―보라
이 투지 넘치는 땅의 선물이 지닌 믿음직함과 화려함과
  가르침들을.

2

빵을 먹고 안락을 이해하라.

Drink water, and understand delight.

Visit the garden where the scarlet trumpets

    are opening their bodies for the hummingbirds

who are drinking the sweetness, who are

      thrillingly gluttonous.

For one thing leads to another.

Soon you will notice how stones shine underfoot.

Eventually tides will be the only calendar you believe in.

And someone's face, whom you love, will be as a star

both intimate and ultimate,

and you will be both heart–shaken and respectful.

And you will hear the air itself, like a beloved, whisper:

oh, let me, for a while longer, enter the two

beautiful bodies of your lungs.

3

The witchery of living

물을 마시고, 기쁨을 이해하라.

달콤함을 마시는 존재,

　　오싹할 정도로 게걸스러운 존재인 벌새들 위해

주홍빛 나팔들이 스스로 몸을 여는

　　정원으로 가라.

한 가지 일이 다른 일로 이어지지.

곧 당신은 발아래 돌들이 얼마나 빛나는지 깨닫게 되겠지.

결국 당신이 믿는 유일한 달력은 밀물과 썰물이 되겠지.

당신이 사랑하는 사람의 얼굴이 친밀하면서도 궁극적인

별이 될 테고

당신은 가슴이 떨리면서도 경의를 품겠지.

그리고 당신은 공기 자체가 연인처럼 속삭이는 소리를 듣겠지—

오, 너의 폐라는 그 아름다운 두 개의 몸에

좀 더 오래 들어가게 해줘.

3

삶의 마법은

is my whole conversation

with you, my darlings.

All I can tell you is what I know.

Look, and look again.

This world is not just a little thrill for the eyes.

It's more than bones.

It's more than the delicate wrist with its personal pulse.

It's more than the beating of the single heart.

It's praising.

It's giving until the giving feels like receiving.

You have a life—just imagine that!

You have this day, and maybe another, and maybe

   still another.

4

Someday I am going to ask my friend Paulus,

the dancer, the potter,

to make me a begging bowl

내 사랑, 당신들과 나누는
나의 온전한 대화.
내가 당신에게 말할 수 있는 건 내가 아는 것들뿐.

보고 또 봐.
이 세상은 당신의 눈에 적지 않은 전율을 선사하니까.

삶은 뼈 이상의 것이지.
독자적인 맥박을 지닌 가녀린 손목 이상의 것이지.
단일한 심장의 고동 이상의 것이지.
삶은 찬양이지.
주는 것이 받는 것처럼 느껴질 때까지 주는 것이지.
당신에겐 삶이 있어—상상해봐!
당신에겐 오늘이 있고, 어쩌면 내일도, 어쩌면 모레도
　있을 거야.

4

춤꾼이자 도예가인 내 친구 파울루스에게
동냥 그릇을 만들어달라고
부탁할까 해,

which I believe

my soul needs.

And if I come to you,

to the door of your comfortable house

with unwashed clothes and unclean fingernails,

will you put something into it?

I would like to take this chance.

I would like to give you this chance.

5

We do one thing or another; we stay the same, or we

  change.

Congratulations, if

  you have changed.

내 영혼에
필요할 것 같아서.

어느 날 내가
빨지 않은 옷을 입고 손톱에는 때가 낀 채
당신의 안락한 집 찾아간다면
내 동냥 그릇 채워주겠어?

난 이 기회를 잡고 싶어.
당신에게 이 기회를 주고 싶어.

5

우린 이런저런 일을 하고, 그대로 머물거나
　바뀌지.
만일 당신이 바뀌었다면
　축하를 보내고 싶어.

6

Let me ask you this.

Do you also think that beauty exists for some

  fabulous reason?

And, if you have not been enchanted by this adventure—

  your life—

what would do for you?

7

What I loved in the beginning, I think, was mostly myself.

Never mind that I had to, since somebody had to.

That was many years ago.

Since then I have gone out from my confinements,

  though with difficulty.

I mean the ones that thought to rule my heart.

I cast them out, I put them on the mush pile.

They will be nourishment somehow(everything is nourishment

6

당신에게 묻고 싶어.
당신도 어떤 멋진 이유로
　아름다움이 존재한다고 생각해?

그리고, 만일 당신이 삶이라는 이 모험에
　매혹되지 않았다면
무엇이 당신을 매혹시킬 수 있을까?

7

처음에 난 주로 나 자신을 사랑했던 것 같아.
나를 사랑해주는 사람이 있어야만 했으니 그럴 만도 했지.
그건 오래전 일이지.
그 후로 나를 속박하는 것들로부터
　어렵게나마 벗어났지.

내 마음을 지배하려고 했던 것들 말이야.
난 그것들을 몰아내어 감상의 쓰레기 더미에 버렸지.
그것들도 어떤 식으로든 영양분이 될 거야

somehow or another).

And I have become the child of the clouds, and of hope.

I have become the friend of the enemy, whoever that is.

I have become older and, cherishing what I have learned,

I have become younger.

And what do I risk to tell you this, which is all I know?

Love yourself. Then forget it. Then, love the world.

(모든 것이 어떤 식으로든 영양분이 되니까).

그리고 난 구름의 아이, 희망의 아이가 되었지.
적의 친구가 되었지, 적이 누구든 말이야.
나이가 들면서 그동안 배운 것들을 소중히 여겼고
그러자 다시 젊어졌지.

그리고 내 앎의 전부인 이 진실을 말하는 게
무슨 위험이 될까?
먼저 자신을 사랑하기를. 그다음엔 그걸 잊어.
그다음엔 세상을 사랑하는 거지.

With Thanks to the Field Sparrow, Whose Voice Is So Delicate and Humble

I do not live happily or comfortably

with the cleverness of our times.

The talk is all about computers,

the news is all about bombs and blood.

This morning, in the fresh field,

I came upon a hidden nest.

It held four warm, speckled eggs.

I touched them.

Then went away softly,

having felt something more wonderful

than all the electricity of New York City.

참으로 섬세하고 겸허한 목소리를 지닌
들참새에게 고마워하며

난 이 시대의 영리함을
즐겁고 편안하게 누릴 수가 없어.
온통 컴퓨터 이야기에,
뉴스는 폭탄과 피로 도배되니까.
오늘 아침, 싱싱한 들판에서
숨겨진 둥지를 발견했어.
거기 따스한 얼룩무늬 알 네 개 들어 있었지.
그 알들 만져보았어.
뉴욕시의 전기를 다 합친 것보다
더 큰 경이를 느끼고는
조용히 발길을 돌렸지.

Landscape in Winter

Upon the snow that says nothing,

that is endlessly brilliant,

there is something

heaped, dark and motionless.

Then come the many wings, strong and bold.

"Death has happened," shout the carrion crows.

"And this is good for us."

겨울의 풍경

아무 말 없이
무한히 새하얗게 빛나는 눈 위,
움직이지 않는 시커먼 것
한 무더기 쌓여 있어.

이내 강하고 대담한 날개들 몰려오지.
"죽음이 일어났다," 까마귀 떼의 외침.
"우리에겐 좋은 일이지."

I Want to Write Something So Simply

I want to write something

so simply

about love

or about pain

that even

as you are reading

you feel it

and as you read

you keep feeling it

and though it be my story

it will be common,

though it be singular

it will be known to you

so that by the end

you will think—

no, you will realize—

that it was all the while

난 아주 단순한 글을 쓰고 싶어

난 아주 단순한 글을
쓰고 싶어,
사랑에 대해
고통에 대해
당신이 읽으면서
가슴으로 느낄 수 있도록,
글을 읽는 내내
가슴으로 느낄 수 있도록,
그리하여 내 이야기가
당신의 이야기일 수 있도록,
내 글은 나만의 유일한 것이지만
당신의 마음으로 들어갈 테고
그리하여 결국
당신은 생각하겠지,
아니, 깨닫게 되겠지,
그동안 내내
당신 자신이

yourself arranging the words,

that it was all the time

words that you yourself,

out of your own heart

had been saying.

그 단어들을 배열하고 있었음을,
그동안 내내
당신 자신이
당신 자신의 마음으로부터
이야기하고 있었음을.

Evidence

1

Where do I live? If I had no address, as many people
do not, I could nevertheless say that I lived in the
same town as the lilies of the field, and the still
waters.

Spring, and all through the neighborhood now there are
strong men tending flowers.

Beauty without purpose is beauty without virtue. But
all beautiful things, inherently, have this function—
to excite the viewers toward sublime thought. Glory
to the world, that good teacher.

Among the swans there is none called the least, or
the greatest.

증거

1

나는 어디 살까?
많은 사람이 그러하듯 나 또한 주소가 없다 해도,
들판의 백합, 잔잔한 물과
한마을에 산다고 말할 수 있지.

봄, 지금 온 동네 건장한 남자들이
꽃을 가꾸고 있어.

목적 없는 아름다움은 미덕 없는 아름다움. 하지만
모든 아름다운 것은 보는 이들을 감동시켜
숭고한 생각으로 이끄는 본연의 역할을 하지.
세상이라는 훌륭한 스승에게 영광 있으라.

백조들 사이에선 누가 제일 하찮고 누가 제일
위대하다는 구별이 없지.

I believe in kindness. Also in mischief. Also in
singing, especially when singing is not necessarily
prescribed.

As for the body, it is solid and strong and curious
and full of detail; it wants to polish itself; it
wants to love another body; it is the only vessel in
the world that can hold, in a mix of power and
sweetness: words, song, gesture, passion, ideas,
ingenuity, devotion, merriment, vanity, and virtue.

Keep some room in your heart for the unimaginable.

2

There are many ways to perish, or to flourish.

How old pain, for example, can stall us at the
threshold of function.

Memory: a golden bowl, or a basement without light.

난 친절을 믿어. 심술도 믿지.

노래도 믿어.

특히 미리 정해진 노래가 아닐 때.

몸에 대해 말하자면, 단단하고 튼튼하며

기이하고 상세하지. 스스로 단장하고 싶어 하고,

다른 몸을 사랑하고 싶어 하지. 몸은

힘과 다정함이 함께 담긴 유일한 그릇—

말, 노래, 몸짓, 열정, 아이디어, 독창성,

헌신, 명랑함, 허영, 미덕을 담고 있지.

상상할 수 없는 것들의 자리를 당신 가슴에 남겨두길.

2

소멸하는 길도 많고, 번성하는 길도 많아.

이를테면, 묵은 고통은 우리가 제대로 살지 못하도록

발목을 잡지.

기억은 황금의 잔이기도, 빛 없는 지하실이기도 하지.

For which reason the nightmare comes with its
painful story and says: *you need to know this.*

Some memories I would give anything to forget.
Others I would not give up upon the point of
death, they are the bright hawks of my life.

Still, friends, consider stone, that is without
the fret of gravity, and water that is without
anxiety.

And the pine trees that never forget their
recipe for renewal.

And the female wood duck who is looking this way
and that way for her children. And the snapping
turtle who is looking this way and that way also.
This is the world.

And consider, always, every day, the determination
of the grass to grow despite the unending obstacles.

그런 이유로 악몽이 고통스러운 이야기를 들고 와서
이렇게 말하지—넌 이걸 알아야만 해.

난 어떤 기억들은 무슨 수를 써서라도 잊고 싶어.
어떤 기억들은 죽는 그 순간까지 놓고 싶지 않아.
내 삶의 하늘을 나는 빛나는 매들이니까.

그렇더라도, 친구들이여, 중력에 안달하지 않는 돌을,
불안을 모르는 물을
생각해보기를.

그리고 거듭나는 비결을 잊지 않는
소나무들을.

그리고 새끼들을 위해 이리저리 살피는
어미 아메리카원앙을.
역시 이리저리 살피는 늑대거북을.
이게 세상이지.

그리고 끝없는 장애에 맞서 꿋꿋이 자라는 풀의 결의를
언제나, 날마다 생각해봐.

3

I ask you again: if you have not been enchanted by
this adventure—your life—what would do for
you?

And, where are you, with your ears bagged down
as if with packets of sand? Listen. We all
have much more listening to do. Tear the sand
away. And listen. The river is singing.

What blackboard could ever be invented that
could hold all the zeros of eternity?

Let me put it this way—if you disdain the
cobbler may I assume you walk barefoot?

Last week I met the so-called deranged man
who lives in the woods. He was walking with
great care, so as not to step on any small,
living thing.

3

당신에게 다시 묻고 싶어—당신이 삶이라는 이 모험에
매혹되지 않았다면,
무엇이 당신을 매혹시킬 수 있을까?

그리고, 당신은 모래주머니라도 찬 듯 늘어진 귀를 달고
어디 있는 거지? 들어봐. 우리 모두 더 들어야 할 게
많아. 모래주머니를 찢어버려. 그리고 들어봐.
강이 노래하고 있어.

그 어떤 칠판이 영원의 모든 영^{zero}을
담을 수 있을까?

이렇게 말해보지—만일 당신이 구두 수선공을 멸시한다면
당신이 맨발로 다닐 거라고 생각해도 될까?

지난주에 숲에 사는, 이른바 정신이상자라는
사람을 만났어. 그는
작은 생명체들을 밟지 않으려고
무척 조심스럽게 걷고 있었지.

For myself, I have walked in these woods for
more than forty years, and I am the only
thing, it seems, that is about to be used up.
Or, to be less extravagant, will, in the
foreseeable future, be used up.

First, though, I want to step out into some
fresh morning and look around and hear myself
crying out: "The house of money is falling!
The house of money is falling! The weeds are
rising! The weeds are rising!"

나로 말할 것 같으면, 이 숲들을 40년 넘게
걸어 다녔는데, 금세 소진되어버릴 건
오직 나뿐인 듯했어.
아니, 그건 좀 과장된 표현이고, 가까운 미래에
소진되어버릴 것이라고 해야겠군.

그래도, 나, 먼저 싱그러운 아침을 향해 나가서
주위를 둘러보며 이렇게 외치는 내 목소리
듣고 싶어—"돈의 집이 무너진다!
돈의 집이 무너진다!
잡초가 무성해진다! 잡초가 무성해진다!"

I Am Standing

I am standing

on the dunes

in the heat of summer

and I am listening

to mockingbird again

who is tonguing

his embellishments

and, in the distance,

the shy

weed loving sparrow

who has but one

soft song

which he sings

again and again

나는 서 있어

나는 서 있어,
뜨거운 여름
모래언덕에.
또다시 듣고 있어,

흉내지빠귀
혀로 연주하는
꾸밈음.
그리고, 멀리서,

수줍은
잡초가 참새를 사랑하고
그 새는
부드러운 노래 한 곡만을

부르고
또 부르지.

and something

somewhere inside

my own unmusical self

begins humming:

thanks for the beauty of the world.

Thanks for my life.

그러면, 음악과는 거리가 먼
내 마음 어딘가에서

무언가
콧노래 흥얼거리기 시작하지,
세상의 아름다움에 감사하는 노래
내 삶에 감사하는 노래.

Schubert

He takes such small steps
to express our longings.
Thank you, Schubert.

How many hours
do I sit here
aching to do

what I do not do
when, suddenly,
he throws a single note

higher than the others
so that I feel
the green field of hope,

and then, descending,

슈베르트

그는 섬세한 잔걸음으로
우리의 갈망들을 표현하지.
고마워요, 슈베르트.

얼마나 오랜 시간
나 여기 앉아
내가 하지 않는 일

하고 싶어 안달하는지,
그러다가, 별안간, 그가 던져주는
하나의 음,

다른 음들보다 높아서
내게
희망의 초록 벌판을 느끼게 해주지,

그다음엔, 내려가면서

all this world's sorrow,

so deadly, so beautiful.

이 세상 모든 슬픔을 전하는
몹시도 치명적인, 몹시도 아름다운 음악.

Moon and Water

I wake and spend

the last hours

of darkness

with no one

but the moon.

She listens

to my complaints

like the good

companion she is

and comforts me surely

with her light.

But she, like everyone,

has her own life.

So finally I understand

달과 물

나는 잠이 깨어
어둠의
마지막 시간을
달과 단둘이

보내지.
달은
마치 좋은 벗답게
내 불평

들어주고
그 빛으로
확실한 위안 주지.
하지만 달도, 누구나 그러하듯

자신만의 삶이 있어.
그래서 마침내

that she has turned away,

is no longer listening.

She wants me

to refold myself

into my own life.

And, bending close,

as we all dream of doing,

she rows with her white arms

through the dark water

which she adores.

달이 고개 돌리고
더는 들어주지 않는 걸 난 이해하지.

달은 내가
다시 마음을 고쳐먹고
내 삶으로 들어가기를 바라지.
그리고, 달은, 우리 모두가 꿈꾸듯,

사모하는 검은 물 가까이
몸을 구부리고
흰 팔로 노 저어
지나가지.

When I Was Young and Poor

When I was young and poor,

when little was much,

when I was nimble and never tired,

and the hours of the day were deep and long,

where was the end that was already committed?

Where was the flesh that thinned and stiffened?

Nowhere, nowhere!

Just the gift of forgetfulness gracious and kind

while I ran up hills and drank the wind—

time out of mind.

나 젊고 가난했을 때

나 젊고 가난했을 때,

적은 것이 많은 것이었을 때,

민첩하고 지칠 줄을 몰랐을 때,

하루하루 시간들이 깊고도 길었을 때,

예정된 종말 어디 있었나?

야위고 뻣뻣해진 몸 어디 있었나?

어디에도, 그 어디에도 없었지!

아득한 옛날―

내가 언덕을 달려 오르고 바람을 마실 때,

그땐 자비롭고 친절한 망각이라는 선물뿐이었지.

At the River Clarion

1

I don't know who God is exactly.

But I'll tell you this.

I was sitting in the river named Clarion, on a

    water splashed stone

and all afternoon I listened to the voices

    of the river talking.

Whenever the water struck the stone it had

    something to say,

and the water itself, and even the mosses trailing

    under the water.

And slowly, very slowly, it became clear to me

    what they were saying.

Said the river: I am part of holiness.

And I too, said the stone. And I too, whispered

    the moss beneath the water.

클라리온강에서

1

신이 누군지 정확하게는 모르겠어.
하지만 이 말은 할 수 있지.
나는 클라리온이라는 이름의 강에서,
　물결 철썩이는 바위에 앉아
오후 내내 강물이 이야기하는
　소리를 듣고 있었어.
물이 달려와 부딪칠 때마다
　바위는 할 말이 있었고,
강물도, 심지어 물 아래 뻗은
　이끼마저도 그랬지.
나는 서서히, 아주 서서히, 그들이 무얼 말하고 있는지
　또렷이 알 수 있었어.
강이 한 말—나는 신성함의 일부다.
나도 그렇다, 라고 바위가 말했어. 나도 그래, 물 아래
　이끼도 속삭였지.

I'd been to the river before, a few times.

Don't blame the river that nothing happened quickly.

You don't hear such voices in an hour or a day.

You don't hear them at all if selfhood has stuffed your ears.

And it's difficult to hear anything anyway, through

    all the traffic, and ambition.

2

If God exists he isn't just butter and good luck.

He's also the tick that killed my wonderful dog Luke.

Said the river: imagine everything you can imagine, then

    keep on going.

Imagine how the lily (who may also be a part of God)

    would sing to you if it could sing, if

        you would pause to hear it.

And how are you so certain anyway that it doesn't sing?

If God exists he isn't just churches and mathematics.

He's the forest, He's the desert.

나, 전에도 그 강에 몇 번 갔었어.

곧바로 소리를 들을 수 없다고 강을 탓하진 마.

한 시간 만에, 하루 만에 그 목소리들을 들을 순 없으니까.

자아가 귀를 틀어막고 있으면 그 목소리들이 들리지 않아.

마음이 시끄럽고 야망에 가득 차 있다면

　그 어떤 소리도 듣기가 어렵지.

2

만일 신이 존재한다면, 신은 버터와 행운만은 아니야.

나의 경이로운 개 루크를 죽인 진드기이기도 하지.

강이 한 말―네가 상상할 수 있는 모든 걸 상상해, 그런 다음

　계속 나아가.

만일 백합이(역시 신의 일부일 수도 있는) 노래할 수 있다면,

　그리고 당신이 걸음 멈추고 귀 기울인다면,

　　어떤 노래 부를지 상상해봐.

그런데 당신은 백합이 노래하지 않는다고 어찌 그리 확신하지?

만일 신이 존재한다면, 신은 교회와 수학만은 아니야.

신은 숲이고, 사막이지.

He's the ice caps, that are dying.

He's the ghetto and the Museum of Fine Arts.

He's van Gogh and Allen Ginsberg and Robert
Motherwell.

He's the many desperate hands, cleaning and preparing
    their weapons.

He's every one of us, potentially.

The leaf of grass, the genius, the politician,
    the poet.

And if this is true, isn't it something very important?

Yes, it could be that I am a tiny piece of God, and
    each of you too, or at least
        of his intention and his hope.

Which is a delight beyond measure.

I don't know how you get to suspect such an idea.
    I only know that the river kept singing.

It wasn't a persuasion, it was all the river's own
    constant joy

which was better by far than a lecture, which was
    comfortable, exciting, unforgettable.

신은 죽어가고 있는 만년설이지.
신은 빈민굴이고 미술관이지.

신은 반고흐이고 앨런 긴즈버그*이고
로버트 머더웰**이지.
신은 무기를 청소하고 준비하는 많은
　필사적인 손이지.
신은 잠재적으로 우리 모두이지.
풀잎이고, 천재고, 정치인이고, 시인이지.
　그게 사실이라면
아주 중요한 일 아닐까?

그래, 나는 신의 작은 한 조각일 수 있고, 당신들 모두
　그렇지, 그게 아니더라도 최소한
　　신의 의도와 희망의 작은 조각일 수 있지.
그건 기쁘기 그지없는 일.
난 당신이 그걸 어떻게 의심할 수 있는지는 모르겠어.
　다만 강물이 계속해서 노래하고 있음을 알 뿐이지.
그건 설득이 아니라
　그저 강의 끊임없는 기쁨,
설교보다 훨씬 낫지,
　편안하면서도 신명 나고, 잊을 수가 없지.

3

Of course for each of us, there is the daily life.

Let us live it, gesture by gesture.

When we cut the ripe melon, should we not give it thanks?

And should we not thank the knife also?

We do not live in a simple world.

4

There was someone I loved who grew old and ill.

One by one I watched the fires go out.

There was nothing I could do

except to remember

that we receive

then we give back.

3

물론 우린 저마다 일상의 삶이 있어.
우린 그 삶을 살아야지, 몸짓 하나하나로.
우리 잘 익은 멜론 자를 때, 멜론에게 감사해야 하지 않을까?
칼에게도 감사해야 하지 않을까?
우리가 사는 세계는 단순하지 않아.

4

내가 사랑하는 이가 늙어 병들었지.
나는 불들이 하나씩 꺼져가는 걸 지켜보았어.
내가 할 수 있는 거라곤

우리에게 주어진 걸 받고
때가 되면 돌려주어야 한다는 사실을
기억하는 것뿐이었지.

My dog Luke lies in a grave in the forest,

    she is given back.

But the river Clarion still flows

    from wherever it comes from

        to where it has been told to go.

I pray for the desperate earth.

I pray for the desperate world.

I do the little each person can do, it isn't much.

Sometimes the river murmurs, sometimes it raves.

Along its shores were, may I say, very intense

    cardinal flowers.

And trees, and birds that have wings to uphold them,

    for heaven's sakes—

the lucky ones: they have such deep natures,

    they are so happily obedient.

While I sit here in a house filled with books,

나의 개 루크는 숲속 무덤에 잠들어 있어,

　돌려보내진 거지.

하지만 클라리온강은 여전히 흐르고 있어,

　근원이 어디든 그곳에서 와서 가야 할 곳으로 가지.

나는 필사적인 땅을 위해 기도해.

나는 필사적인 세상을 위해 기도해.

나는 한 사람이 할 수 있는 작은 일을 하고, 그건 대단하진

않아.

강은 가끔은 웅얼거리고, 가끔은 고함을 지르지.

강기슭 따라 붉디붉은 추기경꽃♦♦♦

　피어 있었지.

그리고 나무들, 위로 들어 올려주는 날개를 가진 새들,

　오, 세상에—

심오한 본성 지닌 행운아들,

　그저 행복하게 순종하지.

한편 나는 책과 관념, 의심, 망설임으로 가득한 채

ideas, doubts, hesitations.

7

And still, pressed deep into my mind, the river

keeps coming, touching me, passing by on its

long journey, its pale, infallible voice

singing.

여기 집에 앉아 있어.

7

그래도 여전히, 내 마음 깊이 새겨진 강
　변함없이 흘러와 나를 만지고는
　　그 아득하면서도 언제나 진실한 목소리로 노래하며
　　　기나긴 여정 이어가지.

◆　　　비트제너레이션을 대표하는 미국 시인.

◆◆　　추상표현주의를 창시한 미국 화가이자 판화가.

◆◆◆　cardinal flower, 진홍로벨리아는 추기경의 진홍색 옷을 연상시켜서 추
　　　기경꽃이라고도 불린다.

Philip's Birthday

I gave,

to a friend that I care for deeply,

something that I loved.

It was only a small

extremely shapely bone

that came from the ear

of a whale.

It hurt a little

to give it away.

The next morning

I went out, as usual,

at sunrise,

and there, in the harbor,

was a swan.

필립의 생일

마음 깊이 좋아하는 친구에게
내가 애지중지하던 걸
줬어.
그건 그저

고래 귀에서 나온
굉장히 멋지게 생긴
작은 뼈일 뿐이었지.
그래도 그걸 내주자니

조금 마음이 아팠어.
이튿날 아침
여느 날처럼, 해 뜰 무렵에
밖으로 나갔는데

거기, 항구에, 백조가 있었어.
그라고 해야 할지 그녀라고 해야 할지 모를

I don't know

what he or she was doing there,

but the beauty of it

was gift.

Do you see what I mean?

You give, and you are given.

그 백조, 거기서 무얼 하고 있었는지
알 수 없지만

그 아름다움은
선물이었지.
내 말이 무슨 의미인지 알겠어?
주면, 받게 되어 있지.

I Want

I want to be

in partnership

with the universe

like the tiger lily

poking up

its gorgeous head

among the so–called

useless weeds

in the uncultivated fields

that still abide.

But it's okay

if, after all,

I'm not a lily,

내가 되고 싶은 것

나는 우주와
동반자가
되고 싶어.

아직 남아 있는
개간되지 않은 들판의
쓸모없다고 여겨지는

잡초들 틈에서
눈부시게 아름다운 머리
쑥 내미는

참나리처럼.
하지만
뭐,

참나리가 아니라

but only grass

in a clutch of curly grass

waving in the wind,

staring sunward: one of those

sweet, abrasive blades.

무리 지어 구불구불 자란
한낱 풀이라도 괜찮아,

바람에 나부끼며
태양을 바라보는
사랑스러우면서도 거친 풀잎.

About Angels and About Trees

Where do angels
    fly in the firmament,
and how many can dance
    on the head of a pin?

Well, I don't care
    about that pin dance,
what I know is that
    they rest, sometimes,
in the tops of the trees

and you can see them,
    or almost see them,
or, anyway, think: what a
    wonderful idea.

I have lost as you and

천사들에 대하여
그리고 나무들에 대하여

천사들은
  창공 어디에서 날까,
얼마나 많은 천사가
  핀 위에서 춤출 수 있을까?

글쎄, 핀 위의 춤에 대해선
  잘 모르겠고
내가 아는 건
  천사들이, 가끔,
나무 꼭대기에서 쉰다는 것,

그리고 당신은 그걸 볼 수 있지,
  아니, 거의 볼 수 있지,
아니, 뭐, 생각은 할 수 있지─얼마나
  멋진 생각이야.

당신도, 다른 이들도 아마 그랬겠지만

others have possibly lost a

beloved one,

and wonder, where are they now?

The trees, anyway, are

miraculous, full of

angels(ideas); even

empty they are a

good place to look, to put

the heart at rest—all those

leaves breathing the air, so

peaceful and diligent, and certainly

ready to be

the resting place of

strange, winged creatures

that we, in this world, have loved.

난 사랑하는 존재를 잃었고,
그들이 지금 어디 있을지
궁금해.

아무튼, 나무들은
기적의 존재들이지,
천사들(관념들)이 가득하니까,
심지어 비어 있을 때도
바라보기 좋은 곳, 마음의
안식을 얻을 수 있는 곳이지—공기
마시고 내쉬는 저 모든 잎사귀

참으로 평온하고 근면하지,
우리가 이 세상에서 사랑한
날개 달린 기이한 존재들
쉬어가도록
만반의 준비를 했지.

Meeting Wolf

There are no words

inside his mouth,

inside his golden eyes.

So we stand, silent,

both of us tense

under the speechless but faithful trees.

And this is what I think:

I have given him

intrusion.

He has given me

a glimpse into a better but now broken world.

Not his doing, but ours.

늑대를 만나서

늑대의 입에는,
그 금빛 눈에는
말이 없지.

그래서 우리 둘 다
말은 없어도 충직한 나무들 아래
긴장한 채 조용히 서 있지.

내 생각엔
내가 늑대의 세계에
침입한 것 같아.

늑대는 내게 더 나은 세계,
하지만 이젠 파괴된 세계를 살짝 엿보게 해줬지.
그 세계의 파괴자는 늑대가 아니라 우리.

Just Rain

The clouds

did not say

soon, but who can tell

for sure, it wasn't

the first time I had been

fooled; the sky–doors

opened and

the rain began

to fall upon all of us: the

grass, the leaves,

my face, my shoulders

and the flowered body

of the pond where

it made its soft

그냥 비

구름은
　곧, 이라고
　　말하지 않았지만,
　　　그걸 누가 장담하겠어,

내가 속은 게 그때가 처음은
　아니었지, 하늘의 문이
　　열리고
　　　비가

우리 모두에게 떨어지기 시작했어—
　풀에, 잎사귀에,
　　내 얼굴에, 어깨에,
　　　그리고 연못의

꽃 피운 몸에 떨어져
　탄력 넘치는 수면에서

unnotational

    music on the pond's

springy surface, and then

    the birds joined in and I too

      felt called toward such

      throat praise. Well,

the whole afternoon went on

    that way until I thought

      I could feel

      the almost born things

in the earth rejoicing. As for myself,

    I just kept walking, thinking:

      once more I am grateful

      to be present.

조용히
　　악보 없는 음악

만들었고, 그다음엔
　새들이 합류했고 나 또한
　　그 찬양의 노래 향한
　　　부름 느꼈지. 그래,

오후 내내 그렇게 비가 내리자
　나는 땅속에서
　　탄생 직전의 존재들이
　　　기뻐하는 걸

느낄 수 있었지. 나로 말하자면,
　그저 걷고 또 걸으며
　　살아 있는 것에
　　　다시금 감사했지.

Mysteries, Yes

Truly, we live with mysteries too marvelous
    to be understood.

How grass can be nourishing in the
    mouths of the lambs.
How rivers and stones are forever
    in allegiance with gravity
        while we ourselves dream of rising.
How two hands touch and the bonds will
    never be broken.
How people come, from delight or the
    scars of damage,
to the comfort of a poem.

Let me keep my distance, always, from those
    who think they have the answers.

수수께끼, 그래

진실로, 우리는 너무도 불가사의하여 도무지 풀 수가 없는
　수수께끼들과 더불어 살지.

어떻게 풀은 어린양들 입속에서 자양분이
　될 수 있는지.
우리는 위로 오르기를 꿈꾸는데
　어떻게 강들과 돌들은 영원히
　　중력에 충실한지.
어떻게 두 손이 맞닿으면 그 유대가
　절대로 깨지지 않는지.
어떻게 사람들은 기쁨을 얻기 위해,
　혹은 마음의 상처를 안고
시의 위안을 찾아오는지.

자신이 답을 가졌다고 생각하는 사람들,
　그런 이들과는 늘 거리를 두고 싶어.

Let me keep company always with those who say

   "Look!" and laugh in astonishment,

     and bow their heads.

"봐!"라고 말하며 경이의 웃음 터뜨리고
　　고개 숙이는 사람들,
　　　늘 그런 이들과 어울리고 싶어.

Imagine

I don't care for adjectives, yet the world
   fills me with them.
And even beyond what I see, I imagine more.

Seeing, for example, with understanding,
   or with acceptance and humility and
      without understanding,
into the heart of the bristly, locked–in worm
   just as it's becoming what we call the luna,
      that green tissue–winged, strange, graceful,
         fluttering thing.

Will death allow such transportation of the eye?
   Will we see then into the breaking open
      of the kernel of corn,
the sprout plunging upward through damp clod
   and into the sun?

상상해봐

난 형용사를 좋아하진 않지만, 세상은
　내 마음을 형용사들로 가득 채우지.
심지어 나는 눈에 보이는 것 너머까지 상상하지.

이를테면, 이해의 눈으로
　혹은 이해는 없지만
　　수용과 겸허의 눈으로
고치에 갇힌, 털 곤두선 애벌레가
　달나방이라고 불리는
　　티슈 같은 초록 날개 지닌 기이하고 우아한
　　　퍼덕이는 것으로 변신하는 순간을 들여다보지.

죽음은 눈의 그런 이동을 허용할까?
　그리하여 우리
　　옥수수 낟알 터지고
싹이 태양을 향해 축축한 흙덩어리 뚫고 나오는 광경을
　보게 될까?

Well, we will all find out, each of us.

And what would we be, beyond the yardstick,
beyond supper and dollars,

if we were not filled with such wondering?

그래, 우리 모두, 때가 되면 알게 되겠지.

　우리가 그런 궁금증으로 가득하지 않다면

길이를 재는 자와 다를 바 있을까,

　저녁 식사나 달러와 다를 바 있을까?

First Days in San Miguel de Allende

1

The flagellated Christ

is being carried

to San Miguel de Allende.

He must be very heavy

yet the carriers persist

upon the sun flashed road

and the people follow

in the same way that people would seek

a river heard of but never yet found.

They are that thirsty.

산미겔데아옌데에서의 첫날들

1

채찍질당한 그리스도
산미겔데아옌데로
옮겨지고 있네.
그리스도의 몸 몹시 무겁겠지만

옮기는 자들
햇살 쏟아지는 길 고수하여
사람들 역시

귀로는 들었으되 눈으로 본 적은 없는
강을 찾아가듯 그 뒤를 따라가네.
그들은 그토록 목이 마르네.

In the garden the jacaranda

    is dropping

        its blue festivities

            everywhere,

the wren

    is carrying sticks

        into the hollow

            behind the elbow

of the metal horse

    that stands

        in the bougainvillea

            at the edge

of the singing pool.

    I have come, for the first time, to Mexico.

        And what has happened

            to that intense ambition

2

정원에서는 자카란다나무가
　축제의 푸른 꽃잎
　　사방에
　　　떨구고

노래하는 물웅덩이
　가장자리에 핀
　　부겐빌레아꽃들 사이에
　　　서 있는

금속 말의
　팔꿈치 안쪽
　　빈 곳으로
　　　굴뚝새가

나뭇가지 물고 가네.
　난 멕시코에 처음 왔지.
　　내가 잠에서 깰 때마다 느끼던
　　　그 강렬한 야망은

with which I always wake?

  Soaked up

    in the colors, stolen

      by the bloody Christs

of the churches,

  by the children laughing

    at my meager Spanish.

      It is said

that when you rent a house here

  the owners are not responsible

    for church bells, barking dogs,

      or firecrackers.

It is early in the morning.

  Antonio is sweeping the blossoms away.

    I am feeling something, incredibly,

      like peace.

The wren is busy, my pencil idle.

  The silks of the jacaranda, as though

어디로 갔을까?
　색깔들에
　　흡수되고
　　　교회들의

피투성이 그리스도들에게,
　나의 서툰 스페인어에
　　깔깔대는 아이들에게
　　　도둑맞았지.

여기서 집을 빌려 살면
　집주인은
　　교회 종소리나 개 짖는 소리
　　폭죽 소리에 책임을 안 진다고 해.

이른 아침이야.
　안토니오가 땅에 떨어진 꽃을 쓸어내고 있어.
　　난 믿을 수 없을 정도로
　　평화로운 기분을 느껴.

굴뚝새는 바쁘고, 내 펜은 빈둥거리지.
　자카란다나무의 비단 꽃은

it is the most important work in the world,

    keep falling.

3

The tops of the northbound trains are dangerous.
Still, they are heaped with hopefuls.

I understand their necessity.
Understanding, however, is not sharing.

Oh, let there be a wedding of the
   mind and the heart, if not today
     then soon.

Meanwhile, let me change my own life
   into something better.

Meanwhile, on the streets of San Miguel de Allende
   it is easy to smile.
"Hola," I say to the children.

그게 세상에서 가장 중요한 일인 양
　　섬 없이 떨어지고 있어.

3

북행 열차 꼭대기에 올라타는 건 위험하지.
그런데도, 희망 품은 사람들이 수두룩해.

나는 그들의 곤궁함을 이해하지.
하지만, 이해는 나눔이 아니지.

오, 머리와 가슴의 결합이 이루어지기를,
　　오늘 당장은 아니더라도
　　　　곧.

그사이에, 내 삶을 더 나은 것으로
　　바꿀 수 있기를.

그사이에, 산미겔데아옌데의 거리들에서는
　　미소 짓기가 쉽지.
"올라Hola," 내가 아이들에게 인사하면,

"Hi," they say, as I pass

with my passport, and money, in my pocket.

"하이Hi," 아이들은 답하지,

주머니에 여권과 돈을 넣고 지나가는 나에게.

The Trees

Do you think of them as decoration?

Think again.

Here are maples, flashing.
And here are the oaks, holding on all winter
    to their dry leaves.
And here are the pines, that will never fail,
    until death, the instruction to be green.
And here are the willows, the first
    to pronounce a new year.

May I invite you to revise your thoughts about them?
Oh, Lord, how we are all for invention and
    advancement!
But I think
    it would do us good if we would think about

나무들

나무들이 장식이라고 생각해?

다시 생각해봐.

여기 단풍나무들이 불타고 있어.
그리고 떡갈나무들, 겨우내 마른 잎사귀
   붙잡고 있지.
소나무들은 죽는 그날까지 푸르러야 한다는
   가르침 결코 저버리지 않을 거야.
그리고 여기, 맨 먼저 새해를 알리는
   버드나무들이 있어.

당신에게 나무들에 대한 생각을 바꾸라고 말하고 싶어.
오, 세상에, 우린 발명과 발전을
   얼마나 신봉하는지!
하지만 내 생각엔
   나무라는 우리의 형제자매들에 대해

these brothers and sisters, quietly and deeply.

The trees, the trees, just holding on
    to the old, holy ways.

조용히, 깊이 생각해보는 게 좋을 것 같아.

나무들, 태고의 신성한 방식들을 고수하는
　나무들.

Broken, Unbroken

The lonely

stand in the dark corners

of their hearts.

I have seen them

in cities,

and in my own neighborhood,

nor could I touch them

with the magic

that they crave

to be unbroken.

Then, I myself,

lonely,

said hello to

아픈, 아프지 않은

외로운 사람들이
자신의 마음속
어두운 구석에 서 있어.

나 그들을
도시들에서,
그리고 내가 사는 동네에서 보면서도

그들이 갈망하는
아프지 않은 삶 주는
마법으로

그들에게 닿을 수가 없었지.
그러다가, 그들처럼 외로운 사람이었던
나,

행운에게

good fortune.

Someone

came along

and lingered

and little by little

became everything

that makes the difference.

Oh, I wish such good luck

to everyone.

How beautiful it is

to be unbroken.

인사를 건넸어.
어떤 이가

내게로 와서
머물더니
서서히

삶을 바꾸는
모든 것이 되었지.
오, 모든 이에게

그런 행운이 왔으면 좋겠어.
아프지 않은 삶을 누린다는 건
얼마나 아름다운 일인지.

The Singular and Cheerful Life

The singular and cheerful life

of any flower

in anyone's garden

or any still unowned field—

if there are any—

catches me

by the heart,

by its color,

by its obedience

to the holiest of laws:

be alive

until you are not.

Ragweed,

pale violet bull thistle,

독보적이고 활기찬 삶

누군가의 정원에,
아직 임자 없는 들판이 남아 있다면
그런 들판에 핀
모든 꽃의

독보적이고 활기찬 삶,
내 마음
사로잡네.
그 색깔,

살아 있지 않을 때까지
살아 있으라는
가장 신성한 법칙에
순종하는 자세.

돼지풀,
연보랏빛 서양가시엉겅퀴,

morning glories curling

through the field corn;

and those princes of everything green—

the grasses

of which there are truly

an uncountable company,

each

on its singular stem

striving

to rise and ripen.

What, in the earth world,

is there not to be amazed by

and to be steadied by

and to cherish?

Oh, my dear heart,

my own dear heart,

full of hesitations,

questions, choice of directions,

옥수수들 사이로 덩굴 뻗은
나팔꽃,

그리고 초록의 왕자인
풀들, 진실로
헤아릴 수 없이 많은
벗과 더불어

저마다
독보적인 줄기에서
맹렬히
자라고 익어가지.

지상에 어느 하나
우리에게 경이감과
안정된 균형 선사하지 않는 것,
우리가 소중히 여기지 않을 것 있을까?

오, 나의 소중한 마음이여,
망설임과 의문,
선택할 방향들로 가득 찬
나 자신의 소중한 마음이여,

look at the world.

Behold the morning glory,

the meanest flower, the ragweed, the thistle.

Look at the grass.

세상을 봐.
나팔꽃을,
가장 보잘것없는 꽃, 돼지풀, 엉겅퀴를 봐.
풀을 봐.

Another Summer Begins

Summer begins again.

How many

do I still have?

Not a worthy question,

I imagine.

Hope is one thing,

gratitude another

and sufficient

unto itself.

The white blossoms of the shad

have opened

because it is their time

to open,

the mockingbird

또 다른 여름이 시작되어

다시 여름이 시작되네.
나에게 아직 남아 있는 여름은
몇 번이나 될까?
그런 건 물어볼 가치도

없겠지.
희망과 감사는
다른 것이고
감사는

그 자체로 족하니까.
채진목 흰 꽃들이
피어난 건
때가 되었기

때문이고,
홍내지빠귀

is raving

in the thornbush.

How did it come to be

that I am no longer young

and the world

that keeps time

in its own way

has just been born?

I don't have the answers

and anyway I have become suspicious

of such questions,

and as for hope,

that tender advisement,

even that

I'm going to leave behind.

I'm just going to put on

my jacket, my boots,

I'm just going to go out

가시나무 덤불에서
울부짖고 있어.

어찌하여
나는 이제 더 이상 젊지 않은데
나름의 방식으로
시간을 지키는

세상은
갓 태어난 것일까?
나는 그 답을 모르는 데다
그런 질문 자체에

회의를 갖게 되었지.
그리고 희망이라는
다정한 조언,
난 그것조차도

버리고 가려 해.
난 그저 재킷 입고
장화 신고
밖으로 나가

to sleep

all this night

in some unnamed, flowered corner

of the pasture.

오늘 밤 내내
목초지의
꽃 핀, 이름 모를 귀퉁이에서
잠을 자려 해.

먼저 자신을 사랑하기를

그다음엔 그걸 잊어

그다음엔 세상을 사랑하는 거지

나는 신성함의 일부다

메리 올리버가 미국 매사추세츠 프로빈스타운에서 지상의 낙원을 발견하고 그곳에 자리 잡은 1964년, 그녀는 막 첫 시집을 낸 스물아홉 살의 젊은 시인이었다. 「나 젊고 가난했을 때」에서 말한 대로 "적은 것이 많은 것이었을 때, / 민첩하고 지칠 줄을 몰랐을 때, / 하루하루 시간들이 깊고도 길었을 때" 날마다 새벽같이 일어나 홀로 프로빈스타운의 숲과 들판, 모래언덕, 바닷가를 걸으며 경이로운 세상의 아름다움을 노래하는 삶이 시작된 것이다. 그러다가 1984년에 시집 『미국의 원시American Primitive』로 퓰리처상을, 1992년에는 시선집 『기러기』로 전미도서상을 수상하면서 미국에서 가장 사랑받는 시인으로 눈부신 조명을 받게 되었으나, 메리 올리버의 삶은 한결같았다. 자연의 품으로 들어가 보고 듣고 연

신 감탄하며 그걸 말로 적는 단순하고 충직한 일상을 이어
온 것이다. 그렇게 40여 년이 흘러 2009년에 출간된 열여섯
번째 시집 『세상을 받아들이는 방식』에서 시인의 목소리는
담담하면서도 기쁨에 차 있다. 예순을 넘기면서 오래 묵은
고통의 짐을 벗게 되었다는 그는 「우선, 달콤한 풀」에서 "그
리고 난 구름의 아이, 희망의 아이가 되었지. / 적의 친구가
되었지, 적이 누구든 말이야. / 나이가 들면서 그동안 배운
것들을 소중히 여겼고 / 그러자 다시 젊어졌지"라고 말한다.
「할렐루야」에서는 "날개를 단 기분을 느끼는 날들도 있지"라
고 한다. 메리 올리버는 어릴 적에 아버지에게 성적으로 몹
쓸 짓을 당한 후로 집에 있는 걸 견딜 수 없어서 월트 휘트먼
의 시집을 들고 숲속을 돌아다녔다. 세상에서 사라지고 싶을
만큼 고통스러웠지만 시와 자연의 품에서는 황홀한 기쁨을
누릴 수 있었다. 그렇게 오랜 세월 자연과의 교감을 통해 자
신을 사랑하고 세상을 사랑하는 법을 터득한 그녀는 「증거」
에서 "빛 없는 지하실"로 묘사된 과거의 검은 그림자에서 서
서히 벗어나게 된 것이다.

　　메리 올리버가 세상을 사랑하는 방식은 그 아름다움을
찬양하고 삶과 죽음의 신성한 법칙에 순응하는 것이다. 「맴
돌이를 생각하며」에서 어느 경이로운 오후에 초록 늪지를
걷고 있던 시인은 다리 하나를 저는 사슴과 눈이 마주친다.
사슴의 성치 못한 다리가 허공에서 맴도는 모습을 본 시인

은 사슴에게 '맴돌이'라는 이름을 붙이고 자신은 "그저 말이나 웅얼거리는 무해한 웅얼이"라고 칭한다. 웅얼이는 맴돌이와 소중한 몇 마디 말을 나눈 듯 깊이 교감하지만 아이러니하게도 맴돌이는 그로부터 일주일이 지나지 않아 시인이 좋아하는 젊은 청년의 화살에 맞아 삶을 마감한다. 그리고 시인은 다시 그 늪지를 찾아 맴돌이와의 만남에 대해 담담하게 웅얼거린다. 「연못에서」는 시인과 세상에 갓 나온 아기 기러기들의 만남을 그리고 있는데, 여섯 마리 아기 기러기 중 다섯은 무럭무럭 자라 튼튼한 날개를 갖게 되지만 나머지 한 마리는 무슨 까닭인지 성장이 더디더니 끝내 날지 못한다. 시인은 때가 되어 멀리 날아가는 기러기들을 기쁘게 떠나보내고 남은 한 마리는 가슴에 품어준다. 「이른 아침」에서는 분홍 햇살이 밝아오는 연못에서 그 아름다움에 취해 "가끔 나는 / 어디서든 / 그저 서 있기만 해도 / 축복받지"라고 웅얼거리다가 밍크가 생쥐들을 덮치려고 살금살금 접근하는 광경을 보고 밍크에겐 "너를 지켜보게 해주렴"이라고, 생쥐들에겐 "달아나 달아나"라고 속삭인다. 삶과 죽음이라는 절대적인 법칙에 대한 순응은 인간의 경우에도 다를 바 없어 「클라리온강에서」에서는 "내가 사랑하는 이가 늙어 병들었지. / 나는 불들이 하나씩 꺼져가는 걸 지켜보았어. / 내가 할 수 있는 거라곤 // 우리에게 주어진 걸 받고 / 때가 되면 돌려주어야 한다는 사실을 / 기억하는 것뿐이었지"라고 노래한다.

우리는 어디에서 와서 어디로 가는지 알 수 없으며 그저 때가 되면 떠나야만 한다는 사실을 알 뿐이다. 이러한 존재의 수수께끼와 유한성은 삶을 신비롭고 소중하게 만들어준다. 또한 모든 존재는 생성과 소멸, 거듭남의 신성한 법칙에 지배되면서 그 법칙을 구현하기에 신성함을 지닌다. 그리하여 모든 존재는 "신의 작은 한 조각" "그게 아니더라도 최소한 / 신의 의도와 희망의 작은 조각"이 된다. 강이 "나는 신성함의 일부다"라고 말하자 바위와 이끼가 "나도 그렇다"라고 했듯이 나도 그렇다(「클라리온강에서」). 우리는 모두 신성함의 일부다.

2024년 1월

민승남

작가 연보

1935년 9월	미국 오하이오 메이플하이츠 출생
1955년	오하이오주립대학교 입학
1957년	뉴욕 바서대학교 입학
1962년	런던 모바일극장 입사(어린이들을 위한 유니콘극장에서 연극 집필)
1963년	첫 시집 『No Voyage and Other Poems』(Dent Press) 출간
1970년	셸리 기념상 수상
1972년	시집 『The River Styx, Ohio, and Other Poems』(Harcourt Brace) 출간 미국국립예술기금위원회 펠로십 선정
1973년	앨리스 페이 디 카스타뇰라상 수상
1978년	시집 『The Night Traveler』(Bits Press) 출간
1979년	시집 『Twelve Moons』(Little, Brown) 출간
1980년	구겐하임재단 펠로십 선정
1980년, 1982년	클리블랜드 케이스웨스턴리저브대학교 매더하우스 방문 교수
1983년	시집 『American Primitive』(Little, Brown) 출간

미국문예아카데미 예술·문학상 수상

1984년	시집 『American Primitive』로 퓰리처상 수상
1986년	시집 『Dream Work』(Atlantic Monthly Press) 출간
	루이스버그 버크넬대학교 상주 시인
1990년	시집 『House of Light』(Beacon Press) 출간
1991년	시집 『House of Light』로 크리스토퍼상과 L. L. 윈십/펜 뉴잉글랜드상 수상
1991~1995년	스위트브라이어대학교 마거릿 배니스터 상주 작가
1992년	시선집 『기러기New and Selected Poems I』(Beacon Press) 출간
	시선집 『기러기』로 전미도서상 수상
1994년	시집 『White Pine』(Harcourt Brace) 출간
	산문집 『A Poetry Handbook』(Harcourt Brace) 출간
1995년	산문집 『긴 호흡Blue Pastures』(Harcourt Brace) 출간
1996~2001년	베닝턴대학교 캐서린 오스굿 포스터 기념 교수
1997년	시집 『서쪽 바람West Wind』(Houghton Mifflin) 출간
1998년	산문집 『Rules for the Dance』(Houghton Mifflin) 출간

래년 문학상 수상

1999년   산문집 『휘파람 부는 사람Winter Hours』(Hough-
          ton Mifflin) 출간

          뉴잉글랜드 서적상인협회상 수상

2000년   시집 『The Leaf and the Cloud』(Da Capo) 출간

2002년   시집 『What Do We Know』(Da Capo) 출간

2003년   시집 『Owls and Other Fantasies』(Beacon Press)
          출간

2004년   산문집 『완벽한 날들Long Life』(Da Capo) 출간

          시집 『Why I Wake Early』(Beacon Press) 출간

          산문집 『Blue Iris』(Beacon Press) 출간

          시선집 『Wild Gees』(Bloodaxe) 출간

2005년   오랜 동반자였던 몰리 멀론 쿡 타계

          시선집 『New and Selected Poems II』(Beacon
          Press) 출간

2006년   시집 『Thirst』(Beacon Press) 출간

2007년   산문집 『Our World』(Beacon Press) 출간

2008년   산문집 『The Truro Bear and Other Adven-
          tures』(Beacon Press) 출간

          시집 『Red Bird』(Beacon Press) 출간

2009년   시집 『세상을 받아들이는 방식Evidence』(Beacon
          Press) 출간

2010년	시집 『Swan』(Beacon Press) 출간
2012년	시집 『천 개의 아침A Thousand Mornings』(Penguin Press) 출간
	굿리즈 선정 베스트 시 부문 수상
2013년	시집 『개를 위한 노래Dog Songs』(Penguin Press) 출간
2014년	시집 『Blue Horses』(Penguin Press) 출간
2015년	시집 『Felicity』(Penguin Press) 출간
2016년	산문집 『Upstream』(Penguin Press) 출간
2017년	시선집 『Devotions』(Penguin Press) 출간
2019년 1월	플로리다 자택에서 림프종으로 타계

메리 올리버를 향한 찬사

메리 올리버의 시들은 세상의 혼돈을 증류해 인간적인 것과 삶에 가치 있는 것을 추출해낸다. 그는 낭만주의자들과 휘트먼의 메아리가 되어, 홀로 자연 속에서 보고 듣는 것의 가치를 주장한다.

〈라이브러리 저널〉

· 메리 올리버는 능숙한 솜씨로 "미국 최고의 시인 중 한 사람"이라는 명성을 공고히 할, 숨이 멎을 만큼 경이로운 작품을 빚어냈다.

· 올리버의 시에는 완전한 설득력이 있다. 봄을 알리는 첫 산들바람의 어루만짐처럼 진실하고 감동적이며 신기하다.

· 올리버의 작품이 보여주는 놀라운 점 가운데 하나는 그가 그 긴 세월 동안 한결같은 목소리를 내고 있다는 것이다. 갈수록 더 자연에 초점을 맞추고 언어의 정교함이 깊어진 결과, 올리버는 이 시대 최고의 시인으로 우뚝 섰다. 올리버의 시에선 불평이나 우는소리를 찾아볼 수 없다. 그렇

다고 삶이 쉬운 것인 양 말하지도 않는다. 올리버의 시들은
기분 전환이 되어주기보다는 우리를 지탱해준다.

〈뉴욕 타임스 북 리뷰〉

그의 시들은 단순하고 솔직하며 수정같이 맑고 투명하
다. 자연을 향한 깊은 사랑이 투영되어 있고 정신계와 물질
계를 절묘하게 이어준다. 그는 삶 자체에 대한 자연스러운,
심지어 순진무구하다고까지 할 수 있는 열정을 품고 시를
쓴다.

〈가디언〉

메리 올리버는 지혜와 관용의 시인이며 우리가 만들지
않은 세계를 가까이 들여다볼 수 있게 해준다. 우리를 겸허
하게 하는 그 관점은 오래도록 남을 그의 선물이다.

〈하버드 리뷰〉

헌신의 능력과 결합된 엄격한 정신, 정확하고 경제적이
며 빛나는 문구를 찾으려는 갈망, 목격하고 나누고자 하는
소망.

〈시카고 트리뷴〉

1984년에 퓰리처상 시 부문을 수상한 메리 올리버는 자연 세계에 대한 기쁨이 가득하고, 이해하기 쉽고, 친밀한 관찰로 우리의 선택을 받았다. 그의 시 「기러기」는 너무도 유명해져서 이제 전국의 기숙사 방들을 장식하고 있다. 메리 올리버는 우리에게 '주목한다'는 심오한 행위를, 세상 모든 것의 가치를 알아보게끔 살아 있는 경이를 가르쳐준다.

〈보스턴 글로브〉

· 그의 간결한 시들은 구어적이고 장난스럽지만, 그 곧은 뿌리는 종교, 철학, 문학의 대수층까지 깊이 뻗어 있다. 올리버는 재미있다. 그는 문화적 따분함, 탐욕, 폭력, 환경파괴에 저항하는 이단아이며, 자연을 정독하는 모습은 매혹적이다.

· 올리버는 절묘하리만큼 명료한 산문을 써낸다. 자신을 가장 아낌없이 드러낸 이 산문들에서 그는 자기 시들의 원천인 믿음과 관찰, 영감에 대해 이야기한다. 본질적이고 눈부시다.

〈북 리스트〉

초월주의자로 명성을 떨쳤던 헨리 데이비드 소로처럼 메리 올리버도 헌신과 실험 둘 다에 접한, 이른바 '자연이라는 교과서'에 주목한 자연주의자다. 그의 시들은 집처럼 편안한 언어로 유한한 삶의 신비에 대해 이야기한다. 유념하는 것은 올리버의 전문 분야, 보고 듣는 건 그의 과학적 방법이자 명상 수련인 듯하다.

〈서치〉

올리버의 삶 속의 가볍고 경쾌한 희열이, 문장들과 산문시들 사이에서 안개처럼 소용돌이친다.

〈로스앤젤레스 타임스〉

메리 올리버는 가장 훌륭한 영미 시인들 가운데 하나다. 애벌레의 변태에 대해 묘사하든 새소리와의 신비한 교감에 대해 이야기하든 그는 거의 항상 놀랍도록 인상적이고 공명을 불러일으키는 이미지들을 만들어낸다. 올리버는 뛰어난 감성으로 관찰하고 그 누구도 따를 수 없는 경이로운 솜씨로 그 인상들을 표현한다. (…) 그의 시는 엄격하고, 아름답고, 잘 쓰였으며, 자연계에 대한 진정한 통찰을 제공한다.

〈위클리 스탠더드〉

올리버의 시에 드러난 특별한 능력은 그가 세상에서 발견한 아름다움을 전하고 이를 영원히 잊지 못할 것으로 만

든다는 점이다.

〈마이애미 헤럴드〉

메리 올리버는 워즈워스 그룹의 '자연' 시인이며 그 시의 목소리에선 흥분이 귀에 들릴 듯 생생하지만, 그의 자연–신비주의는 오히려 고요의 경지에 도달한 듯하다. 그것은 그의 이미지들 대부분에 영향을 미치는데, 하나의 특성이라기보단 존재 자체로 의미를 갖는다.

〈베이 에어리어 리포터〉

올해 '톱top 5'는 여섯 단어로 축약될 수 있을 것이다. 메리 올리버, 메리 올리버, 메리 올리버. 올리버의 놀라운 위업은 그의 식을 줄 모르는 인기와 독자들의 마음 깊은 곳, 거의 근원에까지 닿는 독보적 능력을 보여준다.

〈크리스천 사이언스 모니터〉

메리 올리버, 우리에게, 너무도 많은 사람에게 삶의 신조로 삼을 말들을 남겨준 당신에게 감사합니다.
"말해보라, 당신의 한 번뿐인 야성적이고 소중한 삶을 어떻게 살 작정인가?"

힐러리 클린턴

"삶이 끝날 때, 나는 말하고 싶다. 평생 나는 경이와 결혼한 신부였노라고." 메리 올리버, 당신의 말들에서 나는 위안과 앎을 얻고 마음을 열 수 있었습니다. 당신의 삶은 이 세상에 하나의 축복이었습니다.

오프라 윈프리

우리들, 꿈꾸고 창조하는 정신을 가진 모든 이를 위해 메리 올리버는 시로써 충만하고 의미 있는 삶의 진실을 너무도 아름답게 그려냈다.

제시카 알바

메리 올리버, 감사합니다. 당신은 시를 통해 제 할머니에게 빛과 기쁨을 선사했고 할머니께선 당신의 작품이라는 선물을 저와 함께 나누셨습니다. 우리는 할머니의 추도식에서 「가장 큰 선물은 무엇인가What is the greatest gift?」를 낭송했습니다. 당신의 사랑하는 존재들을 제 마음과 기도에 품겠습니다.

첼시 클린턴

내가 가장 사랑하는 시인 중 하나인 메리 올리버의 죽음에 잔을 들고 눈물을 흘린다. 그의 말들은 자연과 정신계를 이어주는 다리였다. 메리에게 신의 은총을!

마돈나

"당신의 몸이라는 연약한 동물이 사랑하는 것을 사랑하게 하라." 감사합니다, 메리 올리버.

록산 게이

우리가 말로 표현하기 가장 어려운 부분들을 시에 담아주고 우리의 영혼이 우리가 될 수 있는 것에 대한 희망을 안고 노래하도록 만들어준 메리 올리버, 고이 잠드시기를.

귀네스 팰트로

메리 올리버는 절묘한 시들에서, 그리고 영혼을 넓혀주는 시 자체에 대한 관념들에서, 무릇 인간이라면 감동받을 수밖에 없는 우아한 방식으로 살아 있음의 미묘함과 신비를 담아낸다. 퓰리처상과 전미도서상 수상자인 메리 올리버의 시적 탁월성은 그녀를 이 시대의 휘트먼으로 만들어주고, 자연 속에서 이루어낸 초월적인 것과의 숭고한 합일은 그녀를 소로와 나란히 서게 한다.

마리아 포포바

메리 올리버의 시는 훌륭하고 심오하다. 축복처럼 읽힌다. 자연계에 존재하는 우리의 근원과 그 아름다움, 공포, 신비, 위안과 우리를 연결해주는 것이 올리버의 특별한 재능이다.

스탠리 쿠니츠

나는 올리버가 타협을 모르는 맹렬한 서정시인이라고, 늪지의 충신이라고 생각한다. 여기 우리가 간절히 원하는 목소리가 있다.

맥신 쿠민

메리 올리버의 시는 지각과 느낌의 비옥한 땅에서 자라는 자연물로, 본능적인 언어의 기교 덕분에 우리에게 쉽게 다가온다. 그의 시를 읽는 건 감각적 기쁨이다.

메이 스웬슨